N e u e B ü h n e 30

ドイツ現代戯曲選 ⑤
N e u e B ü h n e

Ich, Feuerbach

Tankred Dorst

Ronsosha

私、フォイアーバッハ

タンクレート・ドルスト

高橋文子［訳］

ドイツ現代戯曲選 5

Neue Bühne

論創社

編集委員◉池田信雄／谷川道子／寺尾格／初見基／平田栄一朗

Ich, Feuerbach
by Tankred Dorst

This translation was sponsored by Goethe-Institut.

GOETHE-INSTITUT

「ドイツ現代戯曲選 30」の刊行はゲーテ・インスティトゥートの助成を受けています。

Krieg. Lustspiel ¶ Igor Bauersima norway.today ¶ Fritz Kater zeit zu lieben zeit zu sterben ¶ Elfriede Jelinek Macht nichts ¶ Peter Handke Die Stunde, da wir nichts voneinander wußten ¶ E
kke Die Alphabeten ¶ Franz Xaver Kroetz Der Drang ¶ John von Düffel Balkonszenen ¶ Heiner Müller Der Auftrag ¶ Herbert Achternbusch Der Stiefel und sein Socken ¶ Volker Braun Ip
ldberg-Variationen ¶ Dea Loher Tätowierung ¶ Thomas Bernhard Heldenplatz ¶ Elfriede Jelinek Raststätte oder Sie machens alle ¶ Rainer Werner Fassbinder Der Müll, die Stadt und der

目次

Ich, Feuerbach

私、フォイアーバッハ

登場人物

俳優フォイアーバッハ
演出助手

女

場所　大きな劇場の舞台と観客席

この劇は、稽古の終わったあとの空っぽな劇場で展開する。舞台の上にはまだ、前の夜に使った舞台装置の一部が残っている。あとで大道具係が来て、フォイアーバッハにはかまわずに舞台を空にし、夜の上演に向けて準備を始める。

フォイアーバッハは、中年の目立たない人物だと私は思う。芸術家のようには見えない。逆に、彼は控えめでまじめな態度が必要な職業に就いている普通の市民に見えるよう、神経質に気をつかっている。彼の言葉遣いは奇妙なほど精確だ。話し方は少し高揚した感じだ。ときどき母音が引き伸ばされ、声が高まるのは、まるで音が言葉の絡まりから抜け出て、彼の声を引っ張っていこうとするかのようだ。そのあと彼は急にまた普通の調子で語り出す。すぐにわかるが、彼は模倣の達人だ。急な姿勢の変化や身振りで人物を作り出す。非常に活発で、時には熱烈なうぬぼれを見せるのに、底にある鬱々とした気持ちがいつも透けて見えている。空っぽで窓のない部屋にいる失われた人間。

1

薄暗い舞台と観客席。

フォイアーバッハ　（舞台上で）明かりを！　――明かりをつけなさい！

暗いまま。

フォイアーバッハ　誰も明かりをくれないのなら、もう帰ります。

沈黙。観客席に向かって呼びかける。

フォイアーバッハ　私が見えてますか？

沈黙。

フォイアーバッハ　私が見えてますか？　――お気の毒ですが、明かりのないせいで予定が遅れても、私の責任ではありません。待たされても、私のせいにはなさいませんよね。私だって、待っているんですから！

沈黙。

フォイアーバッハ　すみませんが、何か合図していただけますか、一言でも！「ここだ！」と言っていただけませんか。お願いします、でないと方向がつかめないので。どこから見てらっしゃるのか、わかると助かるんですが。――こういう面倒はだいたい嫌なものですからね、見て、後で判断を下す側にとっても、舞台の役者の側にとっても。

沈黙。

フォイアーバッハ　黙っていらっしゃるんですね？　――でも、言っておきますが、あなたの前で舞台に立つなんて、全然平気ですよ――それどころか、芝居のわかる観客くらい大事なものを私は知りません。あなたみたいな巨匠、人間通はかけがえがない。お願いできますか？（急に怒って）でも、もちろん明かりがないと！　舞台にまだ明かりがないなんて、失礼もいいところじゃないですか！　特にあなたに対して失礼でしょう、私を見るつもりでいらっしゃるのに。あなたが私を見て、私の能力や性格が期待にかなうかどうか見極められるように、こうして呼ばれて来たんですから。

沈黙。

フォイアーバッハ　明かりを！

舞台は明るくなる。昨夕の舞台装置はまだ片付いていない。フォイアーバッハは舞台の縁に立っている。

フォイアーバッハ　やっと！（下の観客席に向かって）何をしたらいいんでしょう？　どういう劇をおやりになるのか存じませんから、私にどんな役をくださるおつもりかも、わかりませんし。（沈黙）タッソーの四幕の場面をやろうと、準備してきたのですが、ご希望なら、即興もやります！　何かきっかけを与えてくださったらたいへん嬉しいのですが。そうしたらそれをもとに何か始められますので……いわば、今からもうご一緒に仕事を始められたら嬉しいのですが。

沈黙。

フォイアーバッハ　どこにいらっしゃるんですか？
演出助手　（観客席、前方左で）ここです。
フォイアーバッハ　レッタウさんなのですが。
演出助手　まだいらしていません。
フォイアーバッハ　（当惑して）そう、まだいらしてないんですか。――ふーん。――まだいらしてない。

まだ来ていない。――そうかそうか。――まだ来てない、と。――それであなたは？

演出助手　演出助手です。

フォイアーバッハ　そうかそうか。――ふーん。――演出助手か。奇妙ですね。レッタウさんが演出する作品の役で面接をするというので、ここに呼ばれたんですけれど。そうですよね？

演出助手　ええ。

フォイアーバッハ　私は、あの人の演出助手に会うために来たのではありません。（振り向いて舞台を去る）

演出助手　（背中に呼びかける）フォイアーバッハさん！　ちょっと……！

しかしフォイアーバッハは帰ってこない。

2

演出助手は一瞬考え迷ったあと、演出家用の机に行き、受話器を取る。

演出助手 （電話する）ちょっと先生出して！　……フォイアーバッハが帰ってしまって……止めようとしたんですが。――いいえ。――はい、すみません。――楽屋の守衛に聞きま……はい、はい、そうします。――はい、わかってます。――いえいえ、興奮していたわけでは……ただ、行ってしまったんです……わかりません……はい、すみません、すぐやります。

大道具係が来て、舞台装置を片付け始める。演出助手は受話器を置き、別の番号にかける。

演出助手　（電話する）守衛を！

　　　フォイアーバッハが舞台に帰ってくる。

演出助手　（電話する）もういい、用は片付いた。

3

フォイアーバッハはまた舞台の縁に向かっていく。

フォイアーバッハ　わかった。待ちます。通り道に立って、今晩の上演準備をしている大道具さんの邪魔になるくらいなら、ここで待っていてもいいでしょう。

演出助手　お帰りになったかと思いましたよ！　――レッタウはぜひあなたを見たいそうですから、ぜひとも！

フォイアーバッハ　椅子がありますね。――私が待たされるのがわかっていて、ここに置いてあるんでしょう。

演出助手　いいえ、そんなことは。でも、おかけください！

フォイアーバッハ　ここに。――それとも、もっと向こう。（椅子を持っていき、別のところに座る）まわりに空間がたくさんあって、息がつける。――そうだ、こういう椅子……この椅子と空間！

沈黙。

フォイアーバッハ （様々な状況を素早く、巧みに演じる）一つの椅子、それは晩秋の公園、落ち葉が散る。（公園のベンチに座り、手足の震える老婆を演じる）時計を手に、私はここに座っている。──処刑だ！（椅子にくくりつけられた犯罪者が、一斉射撃を受けてグッタリする様子を演じる）──告解用の椅子。（敬虔な懺悔をするように椅子の上で跪き、両手を合わせて椅子の背に乗せる）──牢獄。（椅子をさっと上に持ち上げ、背もたれの格子越しにじっと見つめる）──サロン。おしゃべり。（コーヒーカップを気取って持ち、元気よく動作をしてコーヒーをこぼす紳士を演じる）──王の玉座。（勝ち誇ったポーズで椅子の背に座る）──亡命先で。打ち砕かれた人生の最終ステージ。（背を丸めて、椅子の上にうずくまる。見捨てられ、絶望した人間の形骸）

演出助手はそれらの様子を注意深く見つめている。

フォイアーバッハ　何ですって？

演出助手　何も言ってません。見とれているだけです。

フォイアーバッハ　ラシーヌは座ったまま演じるべきだって、ある賢明な人が書いていましたよ。正にそのとおりです！

演出助手　誰ですか？

フォイアーバッハ　正にそのとおりだ、と言ったんです。

演出助手　私なら、俳優を座らせたりしませんね。間違いだと思います。

フォイアーバッハ　座るんです、悲劇の他の登場人物も全員座っている。ドラマの全体は、まるでサロンの出来事みたいに軽やかなおしゃべりの調子でさらさらと流れ、情熱は存在していても、表面の下に隠れている。

演出助手　そんなのは無意味です！

フォイアーバッハ　お茶会のイポリート、ミトリダートも……ベレニースはお菓子を取り、エクトールはシェリーグラスを手におしゃべりする……素晴らしい！

「息子よ、謀反を起こした母親の話はもうよい。

父は満足じゃ。そなたの熱意はわかっておる。
父の愛は、共にあい分かつ所存のない危険に
そなた一人をさらすことなど望んではおらぬぞ[★1]」

演出助手はもう聞いてはいない。電話している。

フォイアーバッハ　こんな綺麗な、変わった時計を持っているので、不思議にお思いでしょう。形見なんです。ごらんなさい！（演出助手に懐中時計を見せようとする）

演出助手　（電話しながら）綺麗ですね。

フォイアーバッハ　母が亡くなったときに、止まったんですよ。持ち主が死んだときにはいつも止まったって、家族の言い伝えなんです。紳士用ですけど、母はいつも身につけていました。

演出助手　（聞いていなかった。電話する）いま電話しているんです！

フォイアーバッハ　レッタウさんとお電話ですか？　――なら、今日の約束のことを言ってください、私の手紙のことを。――それからもちろん、あの人の返事のことも。とても美しい、丁寧な、友情あふれると言ってもいいお返事をくださったんです。あの人のご希望で、

稽古の後にこうして来ています、って。——たぶん、一休みなさりたいんでしょう。でも、約束どおり、一分違わず来ているってことを、お知らせしてください！——でも、少し待つくらい何でもありません。そうお伝えください！

演出助手　（まだ電話中）少し静かにしていただけませんか！　レッタウと電話しているのではありません[★2]！

フォイアーバッハ　はい、はい、はい。

沈黙。

演出助手は受話器を置く。

沈黙。

フォイアーバッハ　ひとつ忠告してもかまいませんか……

4

フォイアーバッハ　演出家になりたいんですよね？

演出助手は黙っている。

フォイアーバッハ　たいへん素晴らしい演出家のもとで働いて勉強できて、運がいいですね。どうやってその運にありついたのか、聞こうとは思いません！　たいへんな特権ですよ。あなたのその特権的な立場に立ちたいと心から願い、そのためには犠牲をも辞さない優秀な若者は、たくさんいるでしょう。みんな演出家になりたいのです！　演出家、舞台上の出来事を操る見えない手、これより偉大な、素晴らしいものがあるだろうか！　そうでしょう？

演出助手　ええ。

フォイアーバッハ　でも、あなたは演出家にはならない。挫折する。

演出助手　それはどうも。

フォイアーバッハ　忠告します、やめたほうがいい！　手をお引きなさい、ことが破局に向かう前に！　あなたに才能があるか、私は知らない、たぶん多少の才能はある——それはそうと、どんな人間にも何か才能はある、若いうちはね。ほんの短い間だけ、若者の目からは非凡なものが閃く。でもそれもすぐにお終い。もしかしたら、あなたの才能はちょっと長持ちして、初めてのちょっとした成功をおさめて、一生そうしてやっていけるつもりになるかもしれない。——もう、演出したことはある？

演出助手　ええ。それが？

フォイアーバッハ　（勝ち誇って）あなたは弱すぎる！　会ってすぐにわかった。あなたが「ここへ」と言ったときのあの腕の動かし方。あの動きは、よく知っている。二十年も前から、知っている動きだ。そのころ私は若い役者で、ハノーファーの劇団に雇われていましたが、レッタウさんもそこにいた。演出助手さん、あなた、彼の真似をしているね！　もうどうしようもなく真似。電話のあと、こっちを向いて座っている様子からして！　ほとんど寝ているみたいに、斜めに椅子に引っかかって、片腕を隣の席に投げやって

――レッタウだ！　全部レッタウ！（度を外した笑い）椅子に横になってるって、いま自分でも気づいたね。もしかしたらまっすぐに直したいのかもしれないが、私があなたの姿勢のことを注意したものだから、できない、もし姿勢を正したら私の言いなりになったと思われるのではないかと心配して。これも弱さ！　――あの人の身振り、あの人の姿勢は挑発的なくらい投げやりなんで有名だった、でもあの人の場合にはそれが内面的な自由とか、独創性とか、力強さとか、あるいは――よくよく注意して言うんだけれども――思い上がりのしるしと思われている。でも、あなたの場合には、ただの馬鹿げたカッコつけだ！　あなたは弱い、だから身を隠している！　あなたと仕事することになるかもしれない俳優さんは、あなたと同様こちこちの初心者じゃないかぎり、すぐに気がついて、あなたをやり込めてしまう。演出家なんて、おやめなさい！（普通の口調で）ところで誰に電話していたんです？

演出助手　気になりますか？

フォイアーバッハ　きっと判定結果を伝えるんでしょう？

演出助手　判定結果？

フォイアーバッハ　つまり……つまり……（急に興奮し、手をひらひらさせる）

演出助手　彼女に電話していたんですよ、もしそんなに知りたいんなら。

フォイアーバッハ　おやおや、それはまた別の話ですね！　ちらっと「ウサギの耳」って聞こえたので、もしかしたらとは思ったんですが。とてもかわいらしい、優しい言葉です。恋しい女性に向かって言うには。

演出助手　どこからそんな言葉が出てくるんですか？　そんなことは言ってません。

フォイアーバッハ　「ウサギの耳」「ウサギの耳」。聞こえましたよ。

演出助手　そんな、柄にもない！

フォイアーバッハ　そのきれいなお方に言い訳をなさらなきゃいけなかった。

演出助手　そうです。今日はたぶん仕事が長引くでしょうから。

フォイアーバッハ　その方はカフェであなたを待っている？

演出助手は答えない。

フォイアーバッハ　そして隣のテーブルには、もしかしたらなかなか興味深いタイプの男性が座っていて、彼女にちょっかいを出す……その「ウサギの耳」のための時間を、あなたよりもたくさん持っていて……

演出助手　馬鹿なことは言わないでください。

フォイアーバッハは、どうかな、わからないよ、という手振りをする。

演出助手　アパートのことなんです。

フォイアーバッハ　ほほう、一緒に住むアパート？

演出助手　本当は行かなきゃダメなんです。二時間過ぎると他の人に取られてしまう。

フォイアーバッハ　その女性が？　アパートが？　それとも両方？

演出助手　（怒って）この話はもうやめましょう！

5

フォイアーバッハ　すべては待っている！　待っている!!　人間たちは暗闇に立って待つ。いつか再び夜の明けることはあるのだろうか？　神の祭司は生け贄から拍動する心臓をつかみ出し、黒い空に捧げる。

演出助手　（騒々しく家具を移動させる大道具係に向かって怒鳴る）舞台でそんなに騒音を立てないでくれないかな！

フォイアーバッハ　演出家によっては、わざと人を待たせることもある、稽古のときでも。役者はもう仕事にとりかかりたがっている。前の晩、役について考えてぬいて練り上げておいたことを見せたいのに、演出家は待たせておく。翌日の午前中にまた来るように言われたが、やっぱり番は回ってこない。演出家は、いま別のシーンを練っているんだとか、予定を変えたとか言うけれど——まあいい、とにかくお呼びがかかっているんだから！　暇なわけじゃないさ！　散歩には行けない。役者は来て、待って、また帰される――舞台には上がれないし、演出家とも話せない。そうして一週間が過ぎて、すっかりうろたえて自信がなくなる。するとやっと番が回ってきて、上手くいった稽古の後、演出家は彼に言う、「素晴らしい！　このシーンには、君のこのフラストレーションが欲しかったんだ！」――こういう結果に終わるんなら、嫌がらせとは呼びたくない。天才と呼ぼう。――だが、こういうことは本当に偉大な芸術家にしか許されないので、あなたみたいな初心者は、まだ人間という素材を創造的に取り扱うのに慣れていないからダメなんですよ。

沈黙。

フォイアーバッハ　役者は、もう十八番になっているような成果を忘れなければいけない！　自分の芸を忘れ、自分の言葉を忘れ、言葉と、言葉の意味も忘れる！　自分の口から漏れる言葉が、未知の、わけがわからないもののようにならなければいけない、まるで急に中国語をしゃべっているみたいに、自分の口が自分の知らない言葉をしゃべっているみたいに！　役者は自信を失わなければならない！　自分の経験を忘れ、確かに知っていると思っていることを忘れなければならない！　心理学も忘れることだ！　くつがえしようのない法則性とやらをふりかざすものだから、つい頼りたくなるものだが！　心理学とはね、演出助手さん、今世紀のペストだよ！　まったく無知になること、自分でも知らないような者になることが大切なんだ！　すると、あなた、ぽっかり空いた穴になる。そうなって初めて役者は、第二のパルツィファルとなって、すべての姿かたちに目を向けることができる——すべては天地創造の第一日のようにもの珍しく、比ぶべきものもない！　だがこの段階では、よく絶望的になる。まるで一度も舞台に立ったことのない人間のように困り切って舞台に立っている。でも、いいかね、私はこれでも偉大な功績を残してきた。私のエンペドークレース、私のタッソー、私のオイディプス——本当に素晴らしかった！　私はもう、一度は恩寵に与ったのだ、そしてその恩寵からこぼれおちるということはない。「恩寵」という言葉に、きっと戸惑っている？

演出助手　全然。

フォイアーバッハ　宗教的な用語だ、で、私もそういう意味で言っている。

6

演出助手　あなたがそんなに有名でいらっしゃるのに、なぜお名前を聞いたことがないのか、不思議です。

フォイアーバッハ　いつから演劇の仕事を？

演出助手　五年前からです。

フォイアーバッハ　ああそう、ふーん！　あなたがお若いってことを忘れるところだった！　私はこの五年、舞台に立たなかった。いや、七年も出ていなかった！

演出助手　七年も舞台に出ていなかったんですか？

フォイアーバッハ　いったい何も読まなかったのかね？　前の時代の上演なんて、写真も見ないのかね？

演出助手　『今日の演劇』は読まない？

フォイアーバッハ　『昨日の演劇』なら、あなたのお話も載ってそうですが。

演出助手　そう、そう、昔はいい雑誌だったんだが。私もよく話題になったし、写真も載ったもんだ。

演出助手　で、七年間の不在の間、いったい何をしてらしたんですか？

フォイアーバッハ　（ぎくっとして、振り払うように）そんなことは気にしない！　気にしないぞ！　大間違いだ！　そんな質問で私を傷つけようとしても無駄だ！

演出助手　そういうつもりじゃなかったんですけど。

フォイアーバッハ　いや、そうだ、そうだ、そうなんだ！　無神経にも無知を装って、陥れようとしたな！

演出助手　聞いてみようと思っただけです。落ち着いてください。

フォイアーバッハ　この七年私は……休業していたのです。

演出助手　変わってますね。

フォイアーバッハ　何が変わってる？

演出助手　だってほら、七年ってのは普通ないでしょう！　ね、それも自主的にってのは！

フォイアーバッハ　（激怒して）恥知らずの無礼者め！

演出助手　まあ、もちろん俳優業が物足りなくなって、別の職に就いたり、社会事業に奉仕する俳優さんもいますよね。そうすると、たいていは七年後には舞台には戻ってきませんね。

フォイアーバッハ　「物足りない」だと。

演出助手　ええ、何か他のこと、他の仕事をするんです。

フォイアーバッハ　役者が、物足りないだと！　落第か！

演出助手　他の職業は、いくらでもありますからね。

フォイアーバッハ　どういう仕事なら、「可」とか、「良」や「優」なんかをくれるんだ？　薬剤師か？

演出助手　薬剤師はちょっと。

フォイアーバッハ　「落第」！　――政治家は？

演出助手　（拒絶する）いや、政治家は！

フォイアーバッハ　「落第」！　――教師は？

演出助手　やめたほうが。

フォイアーバッハ　「落第」！　――洞窟の探検は？

演出助手　（笑う）暗すぎますね。

フォイアーバッハ　「落第」！　――プログラマーは？

演出助手　とんでもない！

フォイアーバッハ　「落第」！　――レーサーは？
演出助手　悪くないかも。
フォイアーバッハ　悪くないかも、なら「落第」だ！　――証券取引は？
演出助手　やっぱりだめ。
フォイアーバッハ　じゃあ、「落第」！　――刑事は？
演出助手　いいけど、警察は……
フォイアーバッハ　「落第」！　そら見たまえ！　どの職業も物足りなくて不可の落第！（笑う）
演出助手　（突然鋭く）この七年間、どこにいらしたんですか。
フォイアーバッハ　私が刑務所にいたんじゃないかとでも、疑っているのか？　汚点があるって？　罪人かって？　カ、シ、ツ？　それともまさか、犯罪？
演出助手　いえ、いえ、いえ。
フォイアーバッハ　私は刑務所にはいない！　――私はこの七年……
演出助手　（拒絶する）いいんですよ！
フォイアーバッハ　いいや。必要はなくとも、釈明するつもりだ。あなたには何の権威もない。ただ代理でそこに座っているだけだ。私があなたの相手をしているのは、ただ退屈だからというだけ。――私があなたに教えてあげている！　――この七年間、たくさんのことが私に振りかかり、私は受け入れ、立ち向かった。お若い演出助手さん、何もそうドアからドアへ考えることはない！　ドアを開ける、ドアを開ける、犯罪。ドアを開ける、つまらない日常。ドアを開ける、才能。ドアを開ける、荒れた生活。ドアを開け、ドアを閉め、中にあるのは何か、さっと確認する。

演出助手　ドアって、何ですか……

フォイアーバッハ　ああ、ドアは喩えにすぎない。象牙のように白いドア。

演出助手　（まるで今やっと理解できたかのように、フォイアーバッハを見つめる）ああ、そう。

フォイアーバッハ　（興奮して）人生には、人生の経歴には、欠落があってはならないのか？　驚きに満ちた跳躍と、不規則性――芝居には決して登場しないものだが！　失明した弟がいて、一緒に山に登り、七年後にヴェネツィアにたどり着くというのはありえない話だろうか。それとも、七年間やっと息をしているだけの昏睡状態だったとか。それとも、私には愛する大切な妻がいて、彼女が記憶を失って形のない暗闇に陥る前に、一緒に国々を巡っていたのかもしれない。演出助手さん、そうかもしれないでしょう！

7

フォイアーバッハ

でも、今はここにいる！　舞台が呼んでいる、吸い寄せられていく、舞台が恋しくてならない！　だから、まるで私のことを知らないみたいに、素人みたいに、オーディションに呼び出されても構わない。素人なら、いろいろ我慢しなくちゃ仕方がない。あのころのことは思い出すのもつらい。オーディションで、ブレヒトのソングをひとつ歌おうと思ったんだ、かなり辛辣な、批判的な奴だ、それで歌いだしたら演出家が止めて言うには、フォイアークラッハ君とか何とか、君のやることは退屈だ！　一行ごとにピョンと跳んではどうだ。私は、いいえ、ブレヒトの言葉の後にピョンと跳んだりはしません、一行一行が大事ですから、と言った。演出家は、ピョンと跳ぶのが私には大事なのだ！　と言う。仕方がない、ピョンと跳んだよ！　あのころはそんなピョンピョン跳びをよくやらされたものだ。ピョン、それからまたピョン！　昔のことだ、ありがたいことに昔の話だ。――他の仲間たちがやらされたことについては、黙っておいたほうがいいだろう。

沈黙。

フォイアーバッハ アメリカに亡命したある仲間から聞いた話が、一番ひどかった。苦労に苦労を重ね、策を尽くしてとある有名な演出家に会ってもらえることになった。その演出家とは、オーソン・ウェルズなんだ。その役者は自己紹介をした。高名な演出家先生は彼を眺めた。二言、三言喋ってから、一緒に部屋を出て、廊下を歩き、あるドアを開けた。トイレだった。彼は役者を壁の小便器のところに立たせ、自分は個室に入った。中からその役者に大きな声で言った、**続けて!**★3

沈黙。

フォイアーバッハ どう思うかね?
演出助手 非衛生的ですね。

フォイアーバッハ　（興奮して）ああ、あなたは面白がってる！　そうか！　これであなたがわかったよ！　なぜあなたがここにいるのかもわかった！　私に、正にそれと同じ答えを言うためだ！　こんなひどい、嫌な話をしたのも、私なりの考えがあったからなんだ。

演出助手　どうしてそんなふうに考えるんですか！　私だって、あなたと同様、ここで待ってるんじゃないですか。私だって面白くはないんですよ。

フォイアーバッハ　恥知らずで、私を挑発するような返事は、それが最初というわけじゃなかった！　でも、私は切れなかった！　そうだとも。

長い沈黙。

フォイアーバッハ　タッソーを演じてみよう。第四幕の独白。

拡声器からの声　犬が届きました。

フォイアーバッハ　タッソーをやろう、第四幕の独白。タッソーは二度やったことがある。初めてのときは、コーブルクで、まだ若造だった。あのころはこの劇の深い問題性に気づいていなかった、私の人生と苦難とのつながりにも。ただ言葉の響きに、素晴らしい詩の言葉に酔っていた！　若くて、見た目もよくて、期待に満ちた青年……それが何だって役者なんかになる？　それから、年をとってからもう一度。あれは……いいかね、……七年前だ！　当時は随分話題になって、記事にもなった――それはそれは、もう！　全部読みまくったぞ。かなり沢山水が押し寄せたけど、誰もおぼれはしなかった。

演出助手　水？

フォイアーバッハ　言ってみただけ、ちょっと口が滑っただけ！　みんな唖然とした！　一大事が起きるときにはよくあることで、感嘆と驚愕が入り混じっていた！　最初の瞬間から自分でもそれを感じていた。光が降って来て、頭の中が全て燦然と輝く。

演出助手　（笑う）変な言い方をなさるんですね。

フォイアーバッハ　そう？

演出助手　ええ、そうです。――つまり成功したって思ったんでしょう、違いますか？

フォイアーバッハ　（当惑して、拒絶する）あなた、あなたなんかに何がわかる！

沈黙。

フォイアーバッハ　先日レッタウさんに手紙を書いたあと、あの劇をまた読んでみた、それからそのあと、夜も昼も劇文学を全部読み返して研究した、古典も、新しいのも……圧巻だった！頭の中には、ものすごい、肉体の絡み合う、豪華絢爛な舞台！　人間の偉大さと惨めさの終わりなきドラマ！　――『魔物たちの夜』をご存知？

演出助手　いいえ。

フォイアーバッハ　『ピッパは踊る』は？

演出助手　いいえ。

フォイアーバッハ　『ヴァザンタゼーナ』、またの名を『土の手押し車』は？

演出助手　えっ？　いいえ。

フォイアーバッハ　『ジルとジャンヌ』は？　聖ジャンヌ・ダルクと悪党ジル・ド・レーが出会う話だ。

演出助手　いいえ。

フォイアーバッハ　『哀れな従兄』は？

演出助手　バルラッハでしょう、聞いたことはあります。

フォイアーバッハ　ハルベの『川』は？

演出助手　いいえ。

フォイアーバッハ　『氷屋が来る』は？
演出助手　いいえ。
フォイアーバッハ　『The Iceman cometh』とも言う。
演出助手　No, sorry.
フォイアーバッハ　『分別は悩みのもと』は？
演出助手　知りません。
フォイアーバッハ　『ペリクレス』は？
演出助手　いいえ。
フォイアーバッハ　（気絶するふりをする）シェークスピアだぞ！　演出助手だなんて、とんでもない！　家に帰りたまえ！　場違いだ！　行きたまえ、貿易会社にでも行ったらどうだ！
演出助手　（笑う）それはもう考えてみましたよ。
フォイアーバッハ　それは、うまい答えだ。ほとんど親近感さえ覚えるね。

8

フォイアーバッハ　あなたの態度も性格も、どうも一本、筋が通っていないように思う。そうじゃないと、せっかく選んだこの商売はやりとおせない！　――私は正反対。何をやるにせよ、やるんならば最大限の集中力でやりとおす。あなたなんかには想像もつかないほどの極端なところまで行ってしまう。自分をポケットナイフで切るとすれば、皮だけなんてできないで、もっと深く、最後には人差し指一本丸々、切り落してしまう。

演出助手　へぇ、そう？

フォイアーバッハ　（驚く）ただの例ですよ、例。

拡声器からの声　犬が届きました。

フォイアーバッハ　舞台でこんなことがあったな。おかしいので、今でも笑ってしまう。演出家の要求は、私がデズデモーナとの場面を終えて、階段を三段上がり、また振り返って戻って、別のほうから退場する。――犬って何？

演出助手　いいんです、いいんです。

フォイアーバッハ　ところが私は三段どころか、四段、五段と、階段を全部上り切ってしまったんだ！　わかるでしょう、舞台の階段がどこにつながっているか。虚空だ！　ただの装置、にせの階段なんだから！　みんなが叫ぶ、止まれ、止まれ！　運のいいことに、落ちても首の骨は折らなかった！（激しく笑う）

演出助手　変だな。

フォイアーバッハ　みんな笑って、笑い転げた！　——どこへ行くんです？

演出助手　（立ち上がっている。舞台に向かう）犬はいったいどこだ？　誰か、そのしょうもない犬っころの面倒を見なくちゃいけないんじゃないか？

大道具係の者は誰も見当たらない。

演出助手　みんなどこだ？

フォイアーバッハ　あなたはここから消えちゃだめですよ！

演出助手　ぼくはあなたの監視人ですか？

フォイアーバッハ （驚いて）いえ、いえ、監視人じゃない！　冗談じゃない！　いいえ！　どうしてそんなふうに考える？　私に監視人が必要だなんて！　きっと、劇場監督のところへ、レッタウさんのところへ行って、もう随分待っていると伝えるつもりで？　そんな必要はないよ！　私はとても辛抱強い！（舞台上の足場に向かって怒鳴る）私は限りなく辛抱強い！　――あちこちにマイクがあって、たぶんビデオがこっちを見てる。それとも、レッタウさんが一休みできるように、稽古のあとは電源を切ってあるとか。それもよくわかる。いつだって芝居、芝居！　あの人は目が覚めると、もう芝居のことを考える。もしかすると現実の人生に戻りたくて、だから電源を切ってしまうんだ。すっかり静まりかえって、芝居が死に絶えると、ようやく現実の人生がよみがえる。（上に向かって怒鳴る）私は限りなく辛抱強い！　――彼、聞こえたかな？

演出助手 聞こえてないでしょう。

フォイアーバッハ なんて静かなんだ！　耳を澄ます、墨のように真っ黒な静けさ。信じられないほど静かだ！　靴を脱ごう、私の足音が聞こえないように。足音が邪魔になるかもしれないから。私の足音は――もし靴をはいたままだったら、――雷のように鳴り渡るだろうから！（彼は靴を脱いで、舞台の縁にそろえて置く。歩く、靴下のまま音もなくうろうろと）

大自然の中に、大自然の孤独の中にしか、深い静寂はない、そう人は思うものだ……砂漠とか。砂漠は知ってる、深い砂の中を行くと、一歩あるくごとに砂が足首をしっかりと包み込む――あのときも、どんどん歩いて行こうとした。しかし、ああいう深い静寂というものは、劇場にもある、時には大したことのない芝居でも、ホールには千人も、千人よりたくさんの人がいて、役者が手でしぐさをする、あるいは一行の台詞を言う、眼差しひとつ、間ひとつ、そして突然、大きな静寂が訪れる――鍾乳洞のように深い、胸をつかむような静寂。暗い観客席には千人の人。その瞬間、時間が止まると言ってもいい。**Sitit anima mea Deum, Deum vivum**（我が魂は神を渇き求める）、生ける神を！――さあ、どう思います、演出助手さん、私らはあの上にいる私らの神を、自分で作り出しているんじゃないだろうか？――あなたはどうして芝居の世界に入ったんです？

演出助手　（聞いていなかった）私？

9

一匹の犬が舞台の後ろを走り抜ける。

フォイアーバッハ　どうして私がこの世界に入ったか、お話ししよう。もう一時間以上待っているし、もっと長く待つことになるから。私は七歳だった。とても孤独な子供でね。寒い日曜日の午後、叔母と一緒に、よく射撃場に行ったのを覚えてる。射撃に行ったんじゃない、嫌いだったから。男の子たちはみんな射撃が好きで、拳銃を人に向けて、バンってやりたがるものだ！　私は、そんなことは全然したくなかった！　その射撃場には、巡業の芝居がよく来たんだ。ある日曜日の午後には子供のための劇をやった。私はすっかり我を忘れて、感激してしまった。青い、神秘的なライトが当たって、一度など、とても大きくて、キンキラキンの人物が出てきたし——私には舞台の上で行ったり来たりして、しゃべったり、笑ったりする人たちが羨ましくてならなかった。空中をあっちこっちへ飛び回る人さえいたんだ！　入場券を買ってくれた叔母さんに、私は聞いた。あの上に行って、しゃべったり、飛んだりするにはいくら払えばいいの？　叔母さんは笑って、何も、なんにも払わなくていいのよ、お馬鹿さんね、お金を払うのはお客さんだけ！　しかし私は信じなかった。きっと叔母さんには払えないんだ、と思った。彼女はまだ若い裁縫師で、未婚で、日曜日に小さい甥っ子を連れて遊びに出かけて喜ばせてやるようなタイプだった。それが彼女の人生で、それ以外の人生は持っていない。あなたが子供のころには、こういう叔母さんはもういなかったかもしれない。優しくて、控えめで、それでいて時には意志の固い女性、良心に従って定められた道を歩み、誰かが振り返って自分のことを眺めるなんて、一生思いもよらない。そう。私はそれから役者になって、私の一生をもって、その代金を払ったわけだ。——ええ、それであなたは？

演出助手　ヒッチハイクで。

フォイアーバッハ　何だって？

演出助手　ヒッチハイクですよ。アウトバーンのわきに立って、ヒッチハイクで南フランスに行こうとしてたんです。そこで止まって、乗せてくれたのが劇場の監督さんで。

フォイアーバッハ　あー、そう。

演出助手　そのころは、劇場監督って何の仕事か、全然知らなくて。

フォイアーバッハ　そう、で、その監督の気に入ったってわけだね？　なるほど！　まあ、あなたは確かに、外だけ見れば格好のいい、若い男だからね。それで充分ってこともあるからね。まあ、一時だけだけど。

若い女性が一人、背景から出てきて、立ち止まり、あたりを見回し、何かを探すようにして、再び退場。

10

フォイアーバッハ 劇場では普通の生活にあるような制限や限界がない、何でもやっていい、自分の全存在を極端にまで、究極にまで押し広げて、光り輝かせてもいい、そう思い込んでしまったのが私の人生の悲劇的な間違いだった。劇場でこそ、規律を重んじ、規律を守ること！　頼りがいのない人間じゃダメだ、それじゃあすぐに幕が下りるハメになる。

演出助手 そう。確かに。

フォイアーバッハ そういう例を、いくつも知っている。例えば、ヘンリー四世の、ロザリオの件で。

ベニヤ板に描かれた、門に寄りかかる寓意的な人物像が突然揺れ始め、フォイアーバッハのすぐ横に倒れる。若い女性がうっかり、後ろから押してしまったのだ。

フォイアーバッハ　（驚愕して飛び上がる。女を怒鳴りつける）何の用だ？
女　（平然と）犬を連れてきました。
演出助手　どこに？　どこにです？
女　今は……わかりません。私、いったいどこに来てしまったんでしょう？
フォイアーバッハ　（むっとして）舞台の上でございます、奥さま！
女　ありがとう。何だかひどい眺めですね。
演出助手　あなたの犬はどこなんです？
女　連れてきたんですけど。消えちゃったんです。ちょっと手を放しただけなのに。そしたらクンクンにおいをかいで。――あの犬があなたのお役に立つとも思えませんけど。誰の役にも立たないでしょう。私にだって。同僚から、あなたが犬を探してるって聞いたんですが。――あの犬ときたら、私に迷惑ばかりかけて。
フォイアーバッハ　（むっとして、演出助手に）その犬の役は、どういう芸が必要なのかな？
演出助手　何も！　全然！
女　それならあの犬でいいかも。何にもできませんから。
演出助手　一つだけ必要なのは、我慢強いこと。担ぎ回される役だから。ある場面で、犬を担いだ人が舞台を横切って、ドラム缶に投げ込むんです。

女　そう。それならいけそうね。——あの獣ときたら、トラブルの種にしかならない。最初はタクシーで。お客が文句をつけるの、臭いから、とくに雨の日に。

フォイアーバッハ　それは私だって文句を言うでしょうね。

演出助手　（怒鳴る）犬を探してくれ！

大道具係がいつのまにか帰ってきて、舞台の建て替えをしているが、彼を無視する。

フォイアーバッハ　動物は舞台に上がるべきではない。

女　はい。

フォイアーバッハ　動物はサーカスのものです。そこでは、優雅な貴婦人が衣擦れの音をさせてサーカスに登場すると、半ダースもの犬がスカートから飛び出す……想像してごらんなさい！悪趣味な！（ヒステリックな笑い）

演出助手　（大道具係に）舞台裏とか、他のところを探してくれ！（誰も相手にしない。演出助手は

フォイアーバッハ　ついに自分で舞台奥まで走り、だらしなく置かれた家具や舞台装置などの後ろに消える）

（演出助手の後を追いかけ、彼に向かって話し続ける）ヘンリー四世の、ロザリオのことを思い出すんだが……（二人とも消える。フォイアーバッハの声だけが遠くから不明瞭に聞こえる）死に行く父親のベッドのわきに王子は立って、ロザリオを指でまさぐって祈る。それはよし！　だけどそれから前へ出て、舞台の端に立ち、ロザリオの玉を親指と人差し指でぱちんぱちんと弾いて観客席に飛ばすんだ。そう！　それが演出家の思いつきで、どうしても必要だとこだわる。その役者はかなり長いことそうやっていた。とうとう最後に、どうしようもないんだが、観客席から声が飛んだ、「わかった、もういい！」他の観客も数人、それで大笑いになってしまった。

突然、一人になった女性は舞台上を見回し、舞台に出てくる際に倒してしまった仕掛けをさっと摑んで立てようとするが、摑んだ箇所がバリッとこわれてしまう。手に持った壊れた部分を驚いて見つめる。それは絵に描いた古代の女性の大きな頭部。その瞬間、突然に舞台に突進してきた演出助手にびっくりして、彼女はベニヤの頭部を背中に隠す。演出助手に続いて、相変わらずしゃべり続けているフォイアーバッハ。

フォイアーバッハ そのあと、ヘンリー王子は玉を弾くのをやめ、観客席の暗い穴に向かって叫び始めた、「豚め！　豚どもめ！　薄汚い豚め！」そう叫び続けたので、それで幕を下ろさなくてはならなかった。

演出助手 誰だったんですか、それは？　きっとキンスキーでしょう。

フォイアーバッハ それ以外では非常に優れている役者の名を、言いたくはない。天才でありながら、致命的に規律、キリーツが足りない！　観客は奇抜な役者、変わり者を面白がるものだし、演出家も、野心があるタイプなら、そういう人物を使って自分の演出に特別な色を添えたがるものだ。（非常に興奮して、ほとんど叫ぶように）だけど、そんなのは役に立たない！　役に立たない！　この仕事には、厳格な規律が必要なのだ！　そんなものは無視できると思っている連中もいる、興味深い人物になるため、本当の自分より興味深い人物になるために。狂人の話をしているんじゃない、規律のなさが問題なんだ。

沈黙。フォイアーバッハは、身振りで自分の規律を表現しようとする。

フォイアーバッハ あなたに聞きたいことがある、ただ小さな声でお願いしたい、マイクがあるからね、聞いているかもしれないから、あなたの答えを。私の他に、誰が候補になっているのかな？

演出助手 それは知りません。

フォイアーバッハ だって、あなたはいつもレッタウさんのそばにいるんでしょう。絶対にその話があったはずじゃないか。劇場でも、相談があったはずだし、聞いているでしょう、少なくとも、噂くらい。

演出助手 言ってるじゃないですか、知りませんって。

フォイアーバッハ よし！　わかった！　別に悪く思ったりはしないよ、あなたがそんなに忠実な態度をとるのは正しいと思うし、親近感さえ覚える。認めよう。しかし……どうして目をパチパチさせる？

演出助手 私が？

フォイアーバッハ ああ、そう、失礼、いま気づいた、あなたは左の目のところにちょっとした神経質なチックが出る。さっきは気づかなかった、あまり遠くにいたし、ホールの照明はちょっと暗かったから。いま近寄ってみて、急にあなたが私にウィンクしているのかと思った！（笑う）ちょっとした欠陥……目のチャームポイントといったところ……

沈黙。

フォイアーバッハ ティエムだって？　永遠の青年。空っぽだ。痛みを感じない。——コールヴァイス？名優だね、外から見れば。——ビルハーゲン？　才能がある、それに、個性的だ、でも言葉がはっきりしない。シュネーベルク？　頭でっかちだ。本当に頭でっかちだ。その他も同じ。いいのはたった一人……

演出助手 フォイアーバッハ。

フォイアーバッハ そういう程度の低い冗談は気に入らないね。笑いをとりたいんだろうけれども。三流の脇役たちと、食堂に座り込んで、あなたの一言にみんながどっと笑いこけるのを待っている。でもここじゃ、誰も笑わない。——私の言う偉大な役者は、もう亡くなっている。アルコールに溺れて破滅した。自分の才能に見合うだけの性格の強さがなかったと言える。あまりにも才能が大きすぎた。彼のような役者はもういない。
――露出趣味、エキセントリック、このごろよく言うように、役を「陳列する」役者たち。本当は、自分の思い上がった人格を陳列しているだけなのに。

演出助手 いいでしょう！　でも二番目の天才はフォイアーバッハ。

フォイアーバッハ 相変わらず私の言ってることがわかってない。でも私は気にせずにしゃべり続けよう。私の挙げた他の芸術家たち、まあそれでも芸術家とは認めているんだが、その連中と私との相違は、私には**ヴィジョン**がある、私はつつましくヴィジョンを拝領しているということだ。私はヴィジョンの僕です。

フォイアーバッハは深くお辞儀をしたまま、じっと動かない。
その間に、女性は気づかれないように、壊れた頭をうまく隠してしまう。

11

フォイアーバッハ　（どうすればよいのか困って、不安げに椅子に座っている女性に向かって、謙虚に）そもそもフォイアーバッハとは、誰でしょう？　――私は誰でしょう？　――私は誰でもない。私はゼロです。――ゼロ人間だ。昨日、化粧品屋であなぐまの毛の髭剃りブラシを買おうとしたとき――こういうことでは私は古風でね、便利なもの、あまり早くできるもの、インスタント商品、スプレーみたいなものは嫌いなんです――声をかけられてね、こんにちは、フォイアーバッハさんって。――誰のことですか！　――自分の名前を本当に忘れてしまっていた、というか、忘れてはいなかったんだが、自分という人間と結びつけることができなかった。本当を言うと、それがとても嬉しかった。

演出助手　そいつは便利だ。「私の名前はウサギです……」

笑う。

フォイアーバッハ　どうぞ馬鹿にしなさい！　軽蔑してもいい！　痛くもかゆくもない、あなたに馬鹿にされても、他の誰に馬鹿にされても……それどころか観客にでも。普通は役者にとって最悪だがね。彼はそれに微笑みかえす。彼は笑う。腹のそこから笑う。あなたがつばを吐きかけても、彼はそれを喜ぶ！　彼の苦しみは、彼よりも軽蔑されている人間がいるということだけ。彼は、誰よりも軽蔑される者でありたいのだ。

演出助手　「彼」って、誰？

フォイアーバッハ　彼は駅の前に座って、投げ捨てられた、腐りかけのオリーヴをドブから掻き集めて、口に入れようとする。いいや、汚がったりはしない！　そこに傲慢で上品な将校たちがやってくる、昔は友人だったのに、彼を足で押しのけて言う、この汚らしいユダヤ人め、何のつもりだ！　その人たちは彼を見分けられなかった。彼には嬉しいことだ。彼らに足で踏みつけられる、それこそが彼の勝利なのだ！　だって、鳥は彼の言葉がわかるし、魚は彼に耳を傾けるのだから。そして虎は彼の脇に座って、血まみれの爪を忘れてしまった。

演出助手　「彼」って？

フォイアーバッハ　（ポケットからマッチ箱を出して空中に投げ上げる）見てごらん、さあ！　小さな、まだら模様の、跳ね回るこれを！　……ああ、落ちてしまった……（彼はマッチ箱を拾い上げる）マッチ箱だ、偶然ポケットに持っていた、まったく偶然に。煙草は吸わない。ほらご覧、空だ、とても軽い。――もう一度投げよう。（彼はマッチ箱を再び投げ上げる。するともう落ちてこない）カーラ・ソーラ、可愛い妹！　ヴェンガ！　ヴェンガ！　飛んでった！　飛んでった！（彼は舞台上を走り回り、天を見つめる）もう帰ってこない！　飛んでった！

演出助手　上手いトリックですね！　なかなかよい。

フォイアーバッハ　さあ――今度は二つ。おいで、おいで！　――ヴェニテ・クィ！　私の羽根突きの羽根ちゃん！　――ここだ、私の腕、私の手、ここにおとまり、これは枝だよ！　――おいで、聞いておくれ！　お聞き、私の話を！

突然、羽ばたきが聞こえる。大きな鳥の群れ、何百もの鳥がフォイアーバッハに群がる。彼は至福の笑みを浮かべ、腕を広げて立っている。女性は跪き、腕を広げて感嘆を示す。彼女は場面の最後まで、動かずにそのままである。

演出助手　（舞台ばなに駆け寄る）やめて！　やめて！　もう終わり！

鳥は彼にも群がる。彼は身をすくめ、腕で頭を覆って守ろうとする。

演出助手　やめろ！　やめろ！　やめろ！

フォイアーバッハ　ヴェニテ！　君たちと話がしたいのだ、君たち、いたずらな、小さな、可愛い神の創造物たち、私の弟、私の妹。君たちに教えよう、本当の至福とは何か。そこに門番の修道士がやってきて、怒って聞く、Chi isiete voi? E nnoi diremo: Noi siamo due de vostri frati, e cholui dirà: voi non dite vero, anzi siete due ribaldi che andate inghannando il mondo et rubando le limosine de' poveri, andate via ! e non ci apprira, e ffaràcci istare di fuori alle neve et all' aqua, cchollo fredde e ccholla fame, infine alla notte, allora, se nnoi tante ingiurie e tanta crudeltà e ttanti cchommiati sosterremo pazientemente sanza turbazioni e sanza mormorazione di lui, e penseremo umilemente e charitativamente che quello portinaio veracemente ci chonoscha, e cche Dio il faccia parlare cchontra nnoi: o

Fratelli ucelli, ivi é perfetta letizia...E sse nnoi, pur chostretti dalla fame e dallo freddo e dalla notte, piu picchieremo e chiameremo e pregheremo per l'amore di Dio con grande pianto che cci apra e mettaci pur dentro, quelli piu ischandelazzato dirà: Chostori sono ghaglioffi importuni, io gli pagherò bene chom' elli sono deghni, e uscirà fuori chon uno bastone nocchieruto, e piglieràcci per lo cappucio e getteràcci in terra e in volgeràcci nella neve e batteràcci a nnodo a nnodo chon quello bastone; se noi tutte questo chose sosterremo pazientemente e cchon allegrezza, pensando le pene di Cristo benedetto le quali noi dobbiamo sostenere per suo amore: o fratelli, mie sorelle, iscrivi che in questro è perfetta letizia.（お前たちは誰だ。すると私たちは言う、「私たちはあなたたちの兄弟の修道士です」すると彼は言うだろう、「嘘をついているな。お前たちは世の中を騙して、貧しい人々のための寄付を盗む盗賊だろう。あっちへ行け！」そして彼は私たちに門を閉ざし、私たちを雪と雨、寒さと空腹のただ中に、ついには夜になるまで放りだしておくだろう。そして、私たちは彼に訴えたり、疑いをかけたりすることなく、こんなにもたくさんの悪意、こんなにもたくさんの苦しみに辛抱して耐える。そして私たちは、この兄弟が本当は私たちのことを知っているのに、ただ神が彼に私たちを知らないと言わせているのだと考える。「おお、兄弟なる鳥たち

よ、これこそ完全な喜びです……」そして、空腹と寒さと夜とに追い立てられて戸をたたき続け、戸を開けて中に入れてくださいと、泣きながら神の御名において乞い願うと、彼はもっと腹をたててこう言う、「なんて迷惑な浮浪者たちだ、お前たちにふさわしい値はこれだ」そして彼はごつごつした棒を持って出てきて、私たちの修道服の襟首をつかんで地面に引き倒し、私たちを雪に押しつけ、棒のあちこちで私たちを殴りつける。そして私たちが、祝福されたキリストの受難を思いつつこれらの苦しみに辛抱強く耐え、キリストの愛のためにこれらの苦しみに耐えるとしたら、おお、兄弟たちよ、姉妹たちよ、これこそ完全な喜びなのです）[★4]——さあ、歌いなさい、可愛い子たち、君たちを創られた方を褒め称えるために。

鳥たちはさえずりながら羽ばたき去る。女性は立ち上がり、前のように椅子に座る。

12

フォイアーバッハ （まだ身をかがめて座っている演出助手に）そんなところにうずくまって。いったいどうしたんですか。

演出助手 （立ち上がって、自分の席に戻る）べつに。どうして？

フォイアーバッハ 今のは古典イタリア語なんだ！　でも、全然わからない、習ったこともない！　――これは秘密なんだが、テキストなんて、全然勉強しなくてなくていいんだよ！　何でも、自然に頭に入る！　――テキストを勉強するなんて、ただ貯め込むだけ、機械的に。それが脳みそなのさ。

演出助手 芝居の話ですよね、それとも別の話ですか？

フォイアーバッハ 信じてくれないね。

長い、むっつりした沈黙。やっと、フォイアーバッハは調子を落として言う、

フォイアーバッハ　もしかしたら、ちょっと哲学的すぎたかもしれない、すまない。もうずいぶん長く待っているから。こういうときは、話しているうちに、筋道から外れて、考えを追っていくうちに、ふと気づくと、何もかもすーっとんでいる。夕刊でも買って、邪魔にならない隅に座っていればよかった、時間になるまで新聞を読んで。呼ばれるまで！
――でも、鳥の群れは、あなただって見たでしょう？

演出助手　いいえ。（女に）アンガーマイヤーさん、あなたは？

女　（手を振って否定する）私は待ってるだけですから。ただ座って、待っているだけ。

演出助手　わかりました、それで？

女　待ってるだけですから、何も言いたくありません。

フォイアーバッハ　アトリ。ヤマスズメ。イスカ。ハリアオツバメ、コツバメ。オオガラス。コガラス。アオゲラ。セキレイ。アマツバメ。カケス。ゴシキヒワ。ミソサザイ。ムクドリ。ハチドリ、たくさんのハチドリが群がってきた。タゲリ。ヤツガシラ。スズメ。シジュウカラ。カササギ。ヤマガラス。ノスリ。シギ。かわいーいマヒワ。アオサギ。ウソ。クロツグミ。見たでしょう？

演出助手　何にも。

フォイアーバッハ　汗が流れてる、私の顔中から！　こちらに来て、見てごらん！　疲労困憊するほど全力を尽くしたのに、それもあなたのために！　考えてもごらん！　あなた一人のためだよ！

演出助手　それはどうも。

フォイアーバッハ　どういう意味かね、「それはどうも」とは？　——皮肉かね？　「それはどうも」って、その言い方は！　若者よ！　あなたの周りを星々はめぐり、さらさらと音をたてる、聞こえないか？　なぜ、立ち上がって天に向かって腕を広げない？

演出助手　あれはフォイアーバッハそのままでしょう、違いますか？

フォイアーバッハ　い、い、い、演技だよ！

演出助手　（疑り深く）ああそう！　それで、何て言う劇ですか？

フォイアーバッハ　ウルムでやったことがある。

演出助手　ウルムで？　ほんと？

フォイアーバッハ　そう、ウルムで、ボイムラー教授の下で。

演出助手　知りませんね。

フォイアーバッハ　とても教養のある、感じのいい人だ！　人の気持ちのよくわかる、話のわかるディレクターだ！

演出助手　変だな。で、何て言う劇ですか？

フォイアーバッハ　そんな言い方をしないでくれ、そんな言い方！

演出助手　ウルムの劇場はそれなりに、知っているんですけど。ディレクターにボイムラー教授なんていませんよ。

フォイアーバッハ　「それなりに」——そんな言葉は聞きたくない！　いいかげんな言葉だ！　だらけた言葉だ！

演出助手　ボイムラーなんていません。

フォイアーバッハ　彼は偉大な、抜群に素晴らしい人物だ、役者の使い方が素晴らしい！　同業の連中がやってきて、——女性だけじゃない、ひょっとすると、そう思われるかもしれないから言うんだが——彼の手どころか、足にだってキスをした！　それにふさわしい人なんだ！　例えば私にはこう言ってくださった。フォイアーバッハ、あなたはたいへんに才能のある役者さんです、しかし本当に非凡な領域にまで達するには、あなた自身の人格を、その条件をあるがままに受け入れることが必要なのです。つまり、私の条件、それは何か？　つまり、ケルンの劇場のスプリンクラーを――何の前触れもなく――作動させたということなんだ。つまり、守衛は、私をもう何年も知っていて、私も毎日前を通り過ぎていたんだが、何にも知らなかったんだ。消防署も知らなかった！　通報はなかった。つまり、火事なんてなかった！　炎も、煙もない、ただ水だけが美しい暗闇に満ち満ちてくる。ついているのは非常灯だけ。消えてはいけないからね。水は満ちてくる、初めは観客席に、それから舞台の上にも。私がやりたかったのはこれだ。ボイムラー教授は私のその努力を完全に理解してくれた。

演出助手　ボイムラー教授って、何者です！

フォイアーバッハ　（むっとして）だから今、言ったでしょう！　とても集中して、一緒に仕事をして、いや、闘ってきたんです、何年も！　他のどんな患者とだって、あの人は……いえ、患者じゃなくて……今、患者って言った？　消しゴムで消してくれ、お願いだ！　そんな言葉のはずじゃなかった。つい、出てきた。私は芸術家として、言葉の造り手ではあるんだが――この言葉は違う！　本当は別の言葉なんだ、全霊を傾けてその言葉を探しているんだが。（ぶつぶつつぶやくが、言葉が見つからない）

演出助手　わかりました。

フォイアーバッハ　（深く疲労して）申し訳ない。

長い沈黙。

13

フォイアーバッハ

たぶん、もうずっとわかってたんでしょう。もしかしたら最初からじゃないだろうけれども、そう、——そんなはずはない。私が戻ってきて、椅子でちょっとした即興をしたとき、あなたは驚きはしたけれども、困ってはいなかった。私の名人芸に驚いた！　思いもよらなかった。あなたは緊張した稽古の後、もしかしたら嫌がらせもあったかもしれない、またそこに座って、待たなければならなかった、あなたも、私も、そしてあなたは私に興味なんかなかった。こういうことでは私は幻想は持たない。あなたをよく観察した。でも、すぐにあなたの興味をひくことができた、あなたは私をよく見て、聞いて、たぶん、効果的ないくつかを、あとで自分の演出に使うつもりで記憶にとどめようとした。当惑して、何か変だと思い始めたのは、階段の話をしたあたりから。ああ、あんな話はしなければよかった、絶対にあの話はしなければよかった！　私の立場なら、絶対に見せてはいけない弱みを見せてしまった。あなたが出ていこうとしたとき、演出助手さん、あなたはレッタウさんのところへ行って、私が頼りにならない人間で、七年間精神病院で暮らして、退院したばかりだと、そう打ち明けようとした。そうでしょう？　――でも、あなたを引き止めることができて、また話をして、なかなか興味深い意見交換ができた。私は最近使用されるようになった新開発の薬を使っている。精神の不安定を解消してくれるので、私もこの薬のおかげでバランスが保てる。わかりますか？　それならいいでしょう？

演出助手　そうですね。わかりますよ。ええ。

犬が現れる。犬は小さな小鳥をくわえている。

女　（大声で）ああ、いた！

自分の大声に驚いて、喋り続けるフォイアーバッハを邪魔しないように、できるだけ静かに注意して舞台を横切り、犬のところに行く。犬を誘い寄せようとし、また逃げるかもしれないと心配して、やっと犬をしっかり捕まえる。犬のくわえている小鳥を口から取り、それを投げ捨てる。

女 小鳥は捨てて!

フォイアーバッハ それとも、あなたが疑いを持ち始めたのは、あなたを楽しませようとして、あの話をしたときかな。演出家が指示したように籠からパンの塊を取り出して、相手役の役人に後ろから投げつけて、でも外してしまったので、次から次へと投げ続けた話。最初は別のパン、それから籠を投げ、椅子を投げ、舞台の上にあるものを、あのミュラー・クラインの奴が巡業のためにトンテンカンテン作ったつまらない装飾の全部を。それで大騒ぎ! それから私は通路に白衣を着た二人の男が立っているのを見た、舞台監督じゃない、上着は着ていても、白なんてことはないから! 舞台監督なら、ご存知のように、黒い上着で、上演中に目立たないようにしている。ドアから現れる白衣は、私にとって、芝居の完全な終わりを意味する。——私はこの話をして、少し私なりに色をつけて、あなたが面白がって聞いてくれて、逃げたりしないようにした。話し続けなければいけなかった、命が惜しければ話し続けるよりほかなかった、あなたが私をここの舞台に、私の人生に、置き去りにしないように!

演出助手　でも——そんな話は、全然していませんでしたよ、フォイアーバッハさん！
フォイアーバッハ　あなたは忘れてしまった！　いいです。そのほうが私には都合がいいかもしれない。
演出助手　違います、そんな話はしていいいいません！
フォイアーバッハ　（突然、ひどく絶望して）私は役が欲しい！　どんなことがあっても！　私のすべてがかかっているんです！　すべてが！　私が頼りにならない人間だとか言って、役を取り上げるなんてことがあってはならない！
スピーカーからの声　犬が見つかりました！
演出助手　（あざけるように）そう？　どこに？
スピーカーからの声　ここです。守衛のところです。
フォイアーバッハ　（憤慨して、次第にヒステリーをつのらせて）「守衛のところ」だって！　ここにいるじゃないか！　ここだ！　ここだ！　ここだ！　ここ！　ここ！（怒りに身を震わせ、伸ばした人差し指で、びっくりした女が自分の身から離して差し出すようにした犬を指さす）ここだ！　ここだ！
演出助手　アンガーマイヤーさん、帰ってください！
女　この犬なら、ただで差し上げてもいいんですよ。

演出助手 その犬っころを劇場から連れていってください！

女 本当にただでいいんです。

演出助手 あとで連絡しますから。（彼は女を押し出す）

女 （フォイアーバッハに）さようなら。（犬を後ろに引っ張って、背景の後ろに消える）

演出助手 犬が混乱させたようで、すみません。

フォイアーバッハ （きっとなって）言いましたね！ 言いましたね！ 白状しましたね！

演出助手 犬がこの時間に来ることになっていたなんて、知りませんでした、たぶん、舞台監督のせいでしょう。

フォイアーバッハ ははあ！ また舞台監督ですか！

演出助手 申し訳ありません、フォイアーバッハさん。いろいろと偶然が重なることもあるんですね。

フォイアーバッハ はぐらかさないで！ 剃刀のように鋭い返答を要求します！ 私の目をしっかり見て！ さあ！（彼は演出助手を舞台の上でしっかり捕まえる）

演出助手 離してください、お願いです！

フォイアーバッハ あなたは演出助手、それとも違う？ もしかしたら誰か別の人？ ここにいない人？

無実の人？

演出助手 私は演出助手です、もちろん、そうですとも！

フォイアーバッハ なるほど！ 白状したね！ 記録に取ろう。そして、あなたは私を苦しめるという使命を受けている！ この事件全体が、上からこと細かく指示されている！ あなたは上から司令を受けて、とーっても喜んでこの仕事を引き受けた。とても上手に、実に器用に！ あなたはきっかけの台詞を教える役だ！ あなたの台詞は突き刺さる！ 突き刺さる台詞！ あなたは私を突き刺す使命があって、それで突き刺す！ きっかけの台詞！ きっかけの台詞！ それも一番上からの司令で、**上のほうで**私の反応をみるために！ そうしておいて耳を澄ませた、演出助手さん、私の苦しみの声に、一言も聞き逃さないように、自分ではできるだけ話さないようにして！ きっかけの台詞を！ 私の苦しみの叫びを全部記録している！ 次々に足していって、最後には莫大な数字を見せる！ 多すぎる叫び、あまりにも多すぎる叫び、頼りにならない人間だ！（死んだ小鳥を見つけ、それをいとおしそうに取り上げ、腕の中に隠し、注意深くポリ袋に入れる）あなたに関する判決を下す。あなたはご機嫌とりをする下男のような人間だ、下っ端役人だ！ 有罪！

演出助手　フォイアーバッハさん、でも私があの犬を呼んだわけじゃないんです！

フォイアーバッハ　きっかけの言葉は、犬！（どんどん我を失って）守衛のところに犬がいる！　そうだ！　でも私にはその犬がここに見える、目の前に、この不機嫌な生き物が！　そいつは私を黄色い目でにらんでいる！　ということは、そいつはここにいて、あそこにはいない！　いったいあの女は何匹の犬をスカートの下の隠しポケットに入れているんだ、あなたの命令で、どこにそいつらを連れて行かせた？　どこで次の犬が私に飛びつく？　観客席にもう一匹ひそんでいる？　うなっているのがもう聞こえる！　それからそこのベニヤ板と幕の間の暗闇に……出番のあとで退場すると、そいつはズボンの折り返しの下のむき出しの脚に噛み付くんだろうか？　ずる賢い攻撃に備えて、ズボンのすそを縛りつけておこう。ご機嫌とりさん！　上を向くなんて、もう怖くてできない、もうハアハア言ってる声が聞こえる……尖った歯、ハアハア言いながら、私に向かって舌なめずりしている！　それからあの犬、守衛のところにいるはずの犬も！

演出助手　フォイアーバッハさん、聞いてください……

フォイアーバッハ　それからあの女……あの民衆の女……まさか、私が騙されるとは思っていないだろうね！　あれはもちろん役者だった――もちろんだとも！　あの女が私の後ろを通って舞台を横切り、犬を捕まえようとした様子——あのただ一匹の本物の犬を、でもあの女はそいつを知らなかった、自分の犬じゃなかったから……あの女の歩く様子は見なかった、あなたと話している最中だったから、でも、でも、でも感じでわかった、あれは役者だって！　感じでわかるんだ、このご機嫌とりめ！　——ああ、こんな扱いを受けるなんて！　こんなに迫害されるなんて！　なんという試練！

沈黙。

演出助手　生活保護は受けられないんですか？

フォイアーバッハ　何てことを言う！　ああ、そんなことを言って、私をすっかり打ちのめすつもりだな！

演出助手　いいえ、単なる事務的な質問です。

フォイアーバッハ　嘘をつくな！　あんたは最初から、私が役をもらえないのを知っている。「生活保護」だなんて言うから、ばれるんだ！　あんたは最初から、いろいろ質問したりして私を馬鹿にしていたんだ！　ショックだ！　ひどい！　死ぬほどのショックだ！

演出助手　でもフォイアーバッハさん、そんなことはないですよ！　あんまり興奮しすぎです！
私としては、あなたに役を差し上げたいくらいです！　でも私が決められることでは
ないんです、おわかりでしょう。

フォイアーバッハ　あんたはね！　あんたは決められない！

演出助手　レッタウさんだって、きっとあなたに決めると思いますよ。

フォイアーバッハ　そうかね？（高慢に）そうだ！　彼は私を知っている！　昔のことだけれど、でも
きっと思い出してくれる。きっとあんたにも私の話をしただろうね？

演出助手　はい。

フォイアーバッハ　何て言ってた？

演出助手　とても誉めていました……天才だ、とまで言っていました。

フォイアーバッハ　私のオスワルド役のことは？

演出助手　はい、はい。

フォイアーバッハ　私のドン・ジュアンは？

演出助手　はい。

フォイアーバッハ　他とはまったく違う私のグロスターは？

演出助手　ええ。その話も。

フォイアーバッハ　それで一体全体どうして「生活保護」なんて言葉が出てくる！　ずいぶんシニカルじゃないか。おわかりのはずだ、私に必要なのは物質的な安定ではない、ずるずる生き延びられるかどうかじゃない。金ならある！　ポケットにいっぱいある。あんたが演出助手生活で稼いだより、もっといっぱい！　あげるよ！　私には必要ない！　貧しい人々に差し上げましょう！　全部どうぞ！

14

彼は上着を脱いで、上着のポケットを探す。お金が落ちる。コインと札。上着を放り投げる。ズボンのポケットをひっくり返す。またお金が落ちる。

演出助手 (急に冷たく)すぐにお金をしまってください! 馬鹿な真似はよして!

フォイアーバッハ 演出家に知ってもらいたい、金の問題じゃないって……

演出助手 (超然とした態度もクールさも失って、叫ぶ)演出家は上に座って、考え事をしてます。愛用の古いクノルの椅子に座って、考えながら、赤カブを食べています、赤カブしか食べないんです、他には何も。毎日毎日、赤カブ、いつも大きなドンブリで赤かぶを食べるんで、四六時中いつもシャツに机に台本に書類にメモに、どこにでも赤い染みがあって……まるで血まみれの戦士みたいに。ドンブリが空になると、秘書を怒鳴りつける。おれの赤カブはどこだ! 赤カブばかりで、スパルタ流の質実剛健で孤独な

フォイアーバッハ　生活、そして言うには、おれは役者に飢えている！　でも来ないんです、おかげで私はここで耳をおさえなきゃいけない、もうあなたにはウンザリだから！

演出助手　（小さな声で）まあ、君……親愛なる友よ……

フォイアーバッハ　はい、はい、はい。

（とても興奮して）振り子が行ったり来たり揺れるのが見える……私は消えるよ、役がもらえないのなら！　私は消えて、息を止める、ビニール袋の下で。——私はボッフムでオーディションに行った、デュッセルドルフ、ミュンスターにも！　なんて馬鹿な奴らばかりだ！　私なんかいらないと言う。全然能力もなくて、あなたも私も聞いたことのないような演出家が、誇らかに宣言する、あなたなんかいらないと。想像してみてくれ！　そんなことが起きるなんて！　それも一度ならず、何度も！　こう言った奴までいる、カギカッコをつけて言うが、——地獄へ行け、このあほうめ！——そう言ったんだ！　ド田舎の演出家なんて、そんなもんだ。昔は違った。人の扱い方が違った。——もうどのくらい待ってる？　時間を計るのはもうやめよう。（椅子の肘掛けに時計を叩きつけて壊す）ハンスのことを思い出す……ハンスちゃん……まだ生きているかどうか、わからないけれど。しかし、私たちが思い続ける人間は、生き続ける。出番の前とか、舞台の後とか、私が楽屋に座っていると、いつもハンスがいて、私の世話をしてくれた。子供のままの声をした、親切な人だった……暴力沙汰で性器を失ったんだ。そう。頭が痛いと彼が首すじをマッサージしてくれて、私の機嫌が悪いと、お茶をいれてくれて、いつも同じ文句を言う……えーと、何て言ったかな？「痛いところはどこ、お茶を飲んどこ……」こうだ。茶碗にいれて出してくれたのは、もちろんお茶ではなかった！——役者のリラックス加減を、それほど大事にしたものだ、だって役者の出番にすべてがかかっていたんだから。家に帰れば、私は天涯孤独だった、この全ての黒い大地の上で私は最も孤独な男だったと言ってもいい……「痛いところはどこ、お茶を飲んどこ……」全然なってない文句だし、それに少なからず馬鹿らしくさえある。でも、ねえ、私は、だからこそ彼のことが好きだった！（歌い、ぶつぶつとつぶやく）お茶を一杯、痛いのはどこ。お茶を一杯……演出助手さん！いったい急にどこに？さっきいたところにいないじゃないの。あなたがそこに座っているのに、やっと慣れたところなのに。——やっぱり逃げてしまったか？それで世俗の用事なんかを追いまわしてるのか！

演出助手　（後方から）どうか始めてください。

フォイアーバッハ　ああ――後ろに！　そこで動いていますね……列の間をサッと抜けて！　――「ウサギの耳」……コードネームは「ウサギの耳」！

15

演出助手　（一番後ろの列から）レッタウさんがいらっしゃいました。どうか始めてください。

フォイアーバッハ　こんにちは、総監督さん！　まだ、どのくらい待たなければならないのかと思いましたよ。いついらっしゃるのかと。Dans un mois, dans un an...（一ヶ月後、一年後……）、季節は巡り、巡りめぐって、一世紀が崩れ落ち、かくして時の臼は回る！　かつて、ここにありしヴェネツィアは、もはや消え失せている。時が蝕んでしまったのだ、かみ砕き、歯を鳴らす、その音を私は聞いた。いまや人は大きな布をかぶせ、その事実を隠す！　一千年の間、私はあなたを待っていた。こうして、あなたはほとんど神のごとくになった！　ようこそ！　ハエのようにちっぽけな人間であろうとも、しかし生命に満ちた被造物です！　残念です、鳥たちが現れて、私のまわりを飛び回る様子を、見せられませんでしたね。毎晩こんな火花を散らして観客を集めましょう、二人ともよく知っているトリックはなしでね。総監督さん、あのときにハノーファーでご一緒しましたよね。あのころのハノーファーでは、犬なんかはどうでもよかった！　ありえない！　犬の邪魔なんか、誰だって耐えがたいし、許しがたいと思ったことでしょう！

沈黙。

フォイアーバッハ　私のことはよく覚えていらっしゃると思います。それは、たった今、あなたの演出助手から聞いています。この感じのよい若者からね、きっと成功して、高く登りつめることでしょう。とても感じのよい演出助手だ！　あなたがいらっしゃるまでの時間を、一緒にたいへん気持ちよく、すりつぶしていたわけです。――さて、まずは、ちょっと集中させてください。これから始まることへの集中です。

沈黙。

フォイアーバッハ　でもその前に上着を着なくては、申し訳ありません、私はここに立っているのに、上着はおかしなことにあっちの床の上に落ちているし、靴下しか履いていないし……まったくもって、わざとじゃないんです。（上着を取り上げ、着て、きっちりボタンをしめる）ずっと前から、一緒に仕事がしたかったんですよ。

沈黙。

フォイアーバッハ　ああ、なんと運命的なことにボタンが一つ取れて、なくなってしまった。急ぎすぎたんでしょう。ああ、あった。ポケットに入れておいて、あとで縫いつけよう。約束しますよ。私の妻は私をおいて行ってしまったので、きっとご存知でしょう、その、つまり、亡くなりましたので。妻は死んでしまって、ダメになってしまって……青い青いベッドに横たわる、小さな、毛のはげた、不安な鳥の頭。そうなんです。

沈黙。

フォイアーバッハ　もしあなたが何か特別な役を私と一緒に作りたい、というのでなければ、タッソーのモノローグをやろうと思います、これまで二回演じたことがあります。

タッソーのモノローグを語る。七年前のように、また神経を切らさないよう、間違いをしないよう、墜落したり、踏み外したり、不規則になったりしないよう、非常な努力をして。そんなことで、身の破滅にならないように。彼はテキストを過剰に明確に、どの一語も正確すぎるほどに読み上げようとする。それによって彼の朗読はグロテスクで、かなりの部分、理解不能になる。狂気の人間の、不安のモノローグ。

フォイアーバッハ　「そうだ、行け、確信して行け、
君の思うように僕を説得できると」
(彼は椅子を持ってきて、座る)
「偽りを学ぼう、君はその
名人だし、それに僕は飲みこみが早い。
こうして人生は僕たちに、かつてはあんなにも

大胆に、誇らかに、軽蔑することのできた奴らのように
装うこと、いや、そうなることを強いる。今こそはっきりと
宮廷という綾織の手練手管が見える！
アントニオは僕をここから追い出し、
追い出すのは自分ではないという顔をする。
心配している賢い友のようなふりをして、人が
僕を病気で不器用だと思うようにするのだ。
自分を後見人に仕立て上げ、僕を
子供扱いする、奴隷にすることが
できなかったから。そうして彼は
公爵の額に、公爵の眼差しに霧をかける」
（中断する）いいですか？
「僕をここに留めるべきだ、と彼は言う、自然が
この者に素晴らしい賜物を与えているではありませんか、
ただ、その気高い才能をまたいろいろな

短所で台無しにはしていますが。
限りを知らない誇りと、大袈裟な
感じやすさと、暗澹たる心持ち。
運命がたまたま一人の男を、こういうふうに
造ったのだと、言うしかない。
だからあるがままにこの男を受け入れ、
容認し、助け、もしかしたら
具合のよい日には彼から喜ばしいものを
思いがけない幸として受け取ろうではないか。
その他には、生れたままに、
彼に生きさせ、また死なせよう」
(中断する) どう?
「敵に抗い、友を忠実に守るアルフォンスの
確固たる意志は、まだ見出せるだろうか。
今、僕を見る彼に、まだ彼の面影は見出だせるのか。

そうだ、僕の不幸ばかりが見える！
これが僕の運命なのだ、他の人には確固として、
忠実で、確実な人もみんな、僕に対してだけ
変わってしまう、一瞬のうちに変わる、
ふっと一息かけただけで、簡単に」
（中断する）何ですって？
「この男の到着だけで、僕の運命は
崩れ落ちてしまったではないか、たったの一時間で。
この男が、僕の幸福の城を
土台から突き崩してしまったのではないか。
おお、こんな目にあうとは、しかも今日という日に！
そうだ、誰もが僕のもとへと押し寄せたように、今は
誰もが僕から去る、誰もが僕を自分のほうへ
引き寄せようと、僕を抱きしめようとしたように、
誰もが僕を突き放し、避ける。

それは、なぜ。そして、彼一人が
僕の価値のすべてと、すべての愛よりも
重いとしたら――」

長い沈黙。

フォイアーバッハ 何か言ってくださいませんか！　――お願いです、どうか、あなたの批評を聞かせていただけると有り難いのですが。あなたの批評を聞いて、もしかしたら何かそこから学ぼうと、熱望しているんです。私は、他の役者とは違う、誰かが文句を付けたり傷つけたりするのに耐えられないなんてことはない。――言ってください。――総監督さん！

演出助手 （一番後ろから）観客席に明かりを！

フォイアーバッハ 私が好奇心でいっぱいなのは、おわかりでしょう。――例えば、私がなぜこのモノローグを座って演じたか、知りたくありませんか……あなたの演出助手さんにはもうお話ししたんですが、私の意見では、古典のテキストはカフェの椅子に座って……

観客席に明かりがつく。

演出助手 （前へ向かってくる）レッタウさんはもうお帰りになりました。

フォイアーバッハ 何だって？

沈黙。

フォイアーバッハ ああ、そう。――ああ、そう。

沈黙。

フォイアーバッハ レッタウさんがお帰りになったのなら、私がここにいる理由も……そうか！――それなら私も、もう帰っていいんだ。（彼は立ちつくす。彼は微笑む。静かに退場）

演出助手 （後ろから呼びかける）靴をお忘れですよ！

フォイアーバッハは戻ってこない。
暗転。

終

訳注

★1―原文はフランス語。ラシーヌ作『ミトリダート』第三幕第一場より、ミトリダート王の台詞。厳粛な内容と、フォイアーバッハのサロンのおしゃべり風の演技の落差をつけるために、いかめしく訳してみた。

★2、★3―作者は言葉を二種類の方法で強調している。訳文中、傍点を付した箇所は語調を強めるべき部分であり、太字にした箇所はフォイアーバッハにとって特別な意味をもつ言葉であると思われる。

★4―原文の古典イタリア語は出典不明だが、アッシジの聖フランシスコに関するものと思われる。台詞は意味不明でもかまわないというフォイアーバッハの考えを生かした演出が可能なように、原文と訳文とを並べておく。

訳者解題

見られていない不安

高橋文子

「プロシアにおけるジャガイモの導入について」というのが、十一歳のタンクレート・ドルストが初めて書いた劇のテーマだったそうである。一九九〇年、ドイツで最も権威ある文学賞の一つであるビューヒナー賞の授賞式で、ドルストを紹介する役を担った演劇評論家ゲオルク・ヘンゼルは、歴史的なテーマと日常的な対象とを結びつけるドルストの劇の発端がすでにここに見られるのではないか、とユーモラスに解釈している。この「処女作」の内容は残念ながら知られていない。しかしジャガイモとプロシアという特別な関係を眺めてみるとき、そこに思い浮かぶのは、こんにち日常的なこの澱粉の塊がフリードリッヒ二世の号令でかなり強制的に導入され、結果としてプロシア軍の巨大化を可能にしたという歴史的事実である。近代ドイツの軍事的発展を思うとき、テーブルの上のジャガイモがふいに不気味に意味深く思われてこないだろうか。日常的なものや人が、ふいに別の一面、得体の知れない陰影をおびるということに、少年ドルストは敏感に反応していたのかもしれない。

一九二五年、ドイツ東方テューリンゲンのゾンネベルクに生まれたドルストは、第二次世界大戦でアメリカ・イギリスの捕虜となり、西側のドイツに解放されたあとの一九五〇年、大学入学資格を取得し、東西ドイツ国境を挟んで故郷に近いバンベルク大学でドイツ文学と美術史を学び始めた。一年後に移籍したミュンヒェンで演劇学を専門に加え、学生のマリオネット劇場用に台本を書くようになる。その後、「本物の人間に恋焦れて」通常の舞台のための戯曲に転向し、一九六〇年から高齢の現在まで、数多くの戯曲・台本を発表し、自作の演出家としても活動し続けている。特に六〇年代は政治・近代史を題材にした作品が多く、ミュンヒェンのレーテ共和国運動を描いた『トラー』は一九六八年の初演一年後にはテレビドラマも発表されている。

ドルストはしかし政治的な主義を主張するような作家ではない。政治や社会の条件の中で苦闘する人間の姿そのものに興味があるのだ、というような発言を彼は折々にしている。一つの理念や主義だけではなく、互いに矛盾する思想や発言の塊である人間がドルストの興味の対象なのである。その後、メルヒェン、神話、伝説的人物に想を得た作品が目立ち始める。『魔法使いマーリン』(一九八五)、『パルツィファル』(一九九〇)、『哀れなハインリッヒの伝説』(一九九七)から西洋版おんぶお化けとも言うべき「重たい赤子」の『パウル氏』(一九九三)や神秘的な『秘密の園』(一九八三)に住むダヌンツィオまで。反リアリズム、反心理学のマリオネット劇から出発したドルストは、メルヒェンや神話に人間の謎を謎のまま展開してみせる可能性を見出したのだろう。「ドルストは問いかける。答えなんてものは信じていない。真実は捉えがたいものであり続ける」（ゲオルク・ヘンゼル）

文学作品の成り立ちについてドルストは、作家が物語を探すのではなく、物語が作家を探すというふうに考えられないか、と語っている。作家は一度、二度、三度、とメモを書きとめ、断片的な草案を書き上げる。ここで作家が物語を説明し、正当化しようとしはじめると、物語は叫ぶ。

「ああ、間違った作家を選んでしまった。……この人ときたら、心理学の信者だし、細かいし、妥協するし、成功したがっているし、私を見せびらかしておいて見せびらかしたいのは自分の物知り、考えが偏っているし、若すぎるし、年寄りすぎるし、センチメンタルで、荒っぽくて、弱々しくて、感じやすくて、いつもオチをつけたがるし、古くさくて、現代的すぎる——生まれでるなら、別の作家を選べばよかった！」（一九九七年一月三十日、チュービンゲン大学詩学講義「もしかしたら、ハイネ」）

半世紀ものあいだ、ドルストが文学の中でも戯曲というジャンルに貞節を守り続けたのは、説明を嫌う物語の要求に答えるのに、対話という形、舞台という場が最適だからだろう。

実際のドルストの創作過程は、日常的に思いついたこと、目に留まったことを細かくメモに書き留め、作品によっては数年にわたるメモをもとに書いたり、あるいは出来上がりかかっていた作品をまたメモとしてまったく別の作品の土台とすることがあるようである。そのメモをもとに、一九七〇年代からの生活の伴侶でもあるウルズラ・エーラーと対話を重ねて共同で創作する（そもそも、いくつものインタヴューや文章で自ら語るところによると、ドルストには対話の形でしかものを考えることができないそうである）。こうして生まれでた人間像たちは、矛盾に満ちていて、個性的で、いびつで、思いがけない陰影を持っている――プロシアのジャガイモのように。

『私、フォイアーバッハ』は劇場の日常的な風景から始まる。面接にやってきた中年の俳優と、退屈そうな若い演出助手。稽古の終わった劇場で、この二人が延々と大演出家の登場を待っている。フォイアーバッハは演出助手の関心を引きつけておこうと、一人芝居もまじえて息もつかせず語りかけ続ける。七年のあいだ精神病院で療養していた元俳優にとって、舞台での演技は幾重もの意味で命そのものを意味している。生活の糧というだけではなく、天職というだけではなく、自我を失った狂人フォイアーバッハにとって舞台は、何者かとして存在することのできる唯一の場なのである。シェーラザードは物語を語ることによって生き長らえる。俳優フォイアーバッハは演技することで自分の存在を保とうとする。

『私、フォイアーバッハ』という題名は、『私は私だ』という自己主張だけではなく、フォイアーバッハに自我が欠けていることを表している」と初演当時のインタヴューでドルストは語っている。自我の欠如はたんに精神病の結果ではない。フォイアーバッハは、進んで自我を放棄することを演劇論の中心に据えている。「自分の言葉を忘れ、言葉と、言葉の意味も忘れる！……まったく無知になること、自分でも知らないような者になることが大切なんだ！　すると、あなた、ぽっかり空いた穴になる。そうなって初めて役者は、第二のパルツィファルとなって、すべての姿かたちに目を向けることができる」（第五場）

この姿勢をフォイアーバッハは第十一場で実演してみせる。渾身の力をこめて、意味のわからない古典イタリア語を唱えるフォイアーバッハ。すると、どこからともなく本物の小鳥たちが現れ、フォイアーバッハに群がる。トリックか幻か、結局は謎のままのこのメルヒェン風のシーンは、小鳥と対話できた無私の人、アッシジの聖フランシスコを思わせる。古典イタリア語の出典は不明だが、おそらく聖フランシスコ自身のものか、彼に関する文章だろう。劇の頂点をなすこの場面は、舞台上に現実以上の生を出現させようとする俳優の奇跡であり、勝利である。それは、今ちょうどこの劇中の劇場で準備されているらしい、生きている犬を安易に引きずりまわすような舞台とは対極にある。たぶんだからこそ演出助手は見て見ぬふりをする。彼が鳥など何も見えなかったと言うところから、フォイアーバッハの悲劇は破局に向かって傾く。うろたえた彼は自分の病気をばらしてしまう。

最後、演出家が座っているはずの暗闇を前にしてタッソーを演じるフォイアーバッハは、聖フランシスコの場とはまるで別人である。自己放棄・喪失というコインの表側に聖フランシスコとパルツィファルの無邪気さがあるとすれば、その裏にはタッソーの他者への依存がある。寵愛を失う不安におびえるタッソーのモノローグは、フォイアーバッハの不安と重なる。演じることで空っぽになった自分の存在を満たそうとする俳優にとって、聞き手の不在、喪失は自分の存在の消滅を意味する。

再び明るくなった劇場で、演出家が帰ってしまったと聞かされたフォイアーバッハは、最後には静かに微笑み、立ち去る。「そうか！　——それなら私も、もう帰っていいんだ」終幕で靴を置いて去るという動きが、日本的な自殺の意思表示と重なっているのは偶然だろうか。舞台に生きたフォイアーバッハが足を踏みしめることのできる地面は、もう舞台の外には存在しない。残された靴が象徴的にものを語り始める、印象深い結末である。

圧倒的にセリフの多いフォイアーバッハに対して、二人芝居の相方を努めるのが若い演出助手である。誇りある俳優フォイアーバッハにとって、この相手は駆け出しの、大して才能もなさそうな、生意気な若造である。とはいえ、人生を賭けたオーディションに、目指す相手の大演出家レッタウが来ない以上、またもしかしたらそのレッタウが監視カメラで見ているかもしれないかと思うと、助手を相手に自分を売り込むしかない。いや、この助手はもしかしたら自分の病状について報告するために送り込まれてきたのではないか？　とにかく、舞台で黙って隅に座っているわけにはいかない。存在を示さなければ！　フォイアーバッハは優越感と劣等感、誇りと恐れのあいだを揺れ動き、演出助手は若者らしくクールに対応する。芸術家のフォイアーバッハと対照的に、彼は偶然、いいかげんな理由から舞台にかかわるようになった人間である。この二人の応答は当然かみ合わない。「それであなたは（どうして演劇の世界にはいったんだい）？」「ヒッチハイクで」フォイアーバッハの運命は悲劇的でも、二人の感覚のずれからくる笑いが舞台にあふれる。

フォイアーバッハの運命が観客の胸をつくのは、しかしたぶん落ちぶれた俳優を憐れむ気持ちだけではない。観客に依存する俳優は、常に他者を必要とし、他者に聞きいれられることを必要とする人間存在そのものである。そして、究極の他者、いつも見守っているはずの観客である神＝演出家は隠れている。「明かりを！（光あれ！）」という言葉で自分が創造した舞台という世界（空っぽで窓のない部屋）で、人間は見られていない不安と戦い、神＝演出家に呼びかけ、孤独に蝕まれる。

一九八六年にミュンヒェンで初演されたこの作品は各地で再演され、二〇〇四年五月からは加筆されたものが作者自身の演出でボッフムにて上演、好評を受けている。

著者

タンクレート・ドルスト（Tankred Dorst）

1925 年生まれ。マリオネット劇のための戯曲から始めて、1960 年『カーブ地点』から俳優による舞台のための戯曲を書き始め、映画、テレビドラマの脚本も手がける。伴侶であるウルズラ・エーラーと共同で、80 歳を迎える現在も意欲的に創作を続け、自作の演出も行っている。

訳者

高橋文子（たかはし・ふみこ）

一九七〇年、横浜生まれ。翻訳家。現在ゲーテ・インスティトゥート東京および上智大学非常勤講師。訳書に『クレーの詩』（平凡社、二〇〇四）。

ドイツ現代戯曲選30　第五巻　私、フォイアーバッハ
二〇〇六年二月一〇日　初版第一刷印刷　二〇〇六年二月二〇日　初版第一刷発行
著者タンクレート・ドルスト⦿訳者高橋文子⦿発行者森下紀夫⦿発行所論創社　東京都千代田区神田神保町二―二三　北井ビル　〒一〇一―〇〇五一　電話〇三―三二六四―五二五四　ファックス〇三―三二六四―五二三二⦿振替口座〇〇一六〇―一―一五五二六六⦿ブック・デザイン宗利淳一⦿用紙富士川洋紙店⦿印刷・製本中央精版印刷⦿ ⦿ ISBN4-8460-0591-7

ドイツ現代戯曲選30

*1
火の顔/マリウス・フォン・マイエンブルク/新野守広訳/本体1600円

*2
ブレーメンの自由/ライナー・ヴェルナー・ファスビンダー/渋谷哲也訳/本体1200円

*3
ねずみ狩り/ペーター・トゥリーニ/寺尾 格訳/本体1200円

*4
エレクトロニック・シティ/ファルク・リヒター/内藤洋子訳/本体1200円

*5
私、フォイアーバッハ/タンクレート・ドルスト/高橋文子訳/本体1400円

*6
女たち。戦争。悦楽の劇/トーマス・ブラッシュ/四ツ谷亮子訳/本体1200円

7
ノルウェイ.トゥデイ/イーゴル・バウアージーマ/萩原 健訳

8
私たちは眠らない/カトリン・レグラ/植松なつみ訳

9
汝、気にすることなかれ/エルフリーデ・イェリネク/谷川道子訳

私たちが互いを何も知らなかったとき/ペーター・ハントケ/鈴木仁子訳

ニーチェ三部作/アイナー・シュレーフ/平田栄一朗訳

愛するとき死ぬとき/フリッツ・カーター/浅井晶子訳

ジェフ・クーンズ/ライナルト・ゲッツ/初見 基訳

公園/ボート・シュトラウス/寺尾 格訳

座長ブルスコン/トーマス・ベルンハルト/池田信雄訳

★印は既刊(本体価格は既刊本のみ)

Neue Bühne 30

餌食としての都市/ルネ・ポレシュ/新野守広訳

文学盲者たち/マティアス・チョッケ/高橋文子訳

衝動/フランツ・クサーファー・クレッツ/三輪玲子訳

バルコニーの情景/ヨーン・フォン・デュッフェル/平田栄一朗訳

指令/ハイナー・ミュラー/谷川道子訳

長靴と靴下/ヘルベルト・アハテルンブッシュ/高橋文子訳

自由の国のイフィゲーニエ/フォルカー・ブラウン/中島裕昭訳

前と後/ローラント・シンメルプフェニヒ/大塚 直訳

終合唱/ボート・シュトラウス/初見 基訳

すばらしきアルトゥール・シュニッツラー氏の劇作による刺激的なる輪舞/
ヴェルナー・シュヴァープ/寺尾 格訳

ゴルトベルク変奏曲/ジョージ・タボーリ/新野守広訳

タトゥー/デーア・ローエル/三輪玲子訳

英雄広場/トーマス・ベルンハルト/池田信雄訳

レストハウス、あるいは女は皆そうしたもの/エルフリーデ・イェリネク/谷川道子訳

ゴミ、都市そして死/ライナー・ヴェルナー・ファスビンダー/渋谷哲也訳

論創社

Marius von Mayenburg Feuergesicht ¶ Rainer Werner Fassbinder Bremer Freiheit ¶ Peter Turrini Rozznjogd/Rattenjagd ¶ Falk Richter Electronic City ¶ Tankred Dorst Ich, Feuerbach ¶ Thomas Brasch Frauen. Krieg. Lustspiel ¶ Igor Bauersima norway.today ¶ Fritz Kater zeit zu lieben zeit zu sterben ¶ Elfriede Jelinek Macht nichts ¶ Peter Handke Die Stunde, da wir nichts voneinander wußten ¶ Einar Schleef Nietzsche Trilogie ¶ Kathrin Röggla wir schlafen nicht ¶ Rainald Goetz Jeff Koons ¶ Botho Strauß Der Park ¶ Thomas Bernhard Der Theatermacher ¶ René Pollesch Stadt als Beute ¶ Matthias

ドイツ現代戯曲選 ⑤

Neue Bühne

Zschokke Die Alphabeten ¶ Franz Xaver Kroetz Der Drang ¶ John von Düffel Balkonszenen ¶ Heiner Müller Der Auftrag ¶ Herbert Achternbusch Der Stiefel und sein Socken ¶ Volker Braun Iphigenie in Freiheit ¶ Roland Schimmelpfennig Vorher/Nachher ¶ Botho Strauß Schlußchor ¶ Werner Schwab Der reizende Reigen nach dem Reigen des reizenden Herrn Arthur Schnitzler ¶ George Tabori Die Goldberg-Variationen ¶ Dea Loher Tätowierung ¶ Thomas Bernhard Heldenplatz ¶ Elfriede Jelinek Raststätte oder Sie machens alle ¶ Rainer Werner Fassbinder Der Müll, die Stadt und der Tod